桃源

天野桃花句集

Amano Toka

角川書店

句集　桃源／目次

題字・カバー画・扉画　天野桃花
装丁　菊地雅志
イメージ素材　Freepik.com

句集

桃源

I
初雀

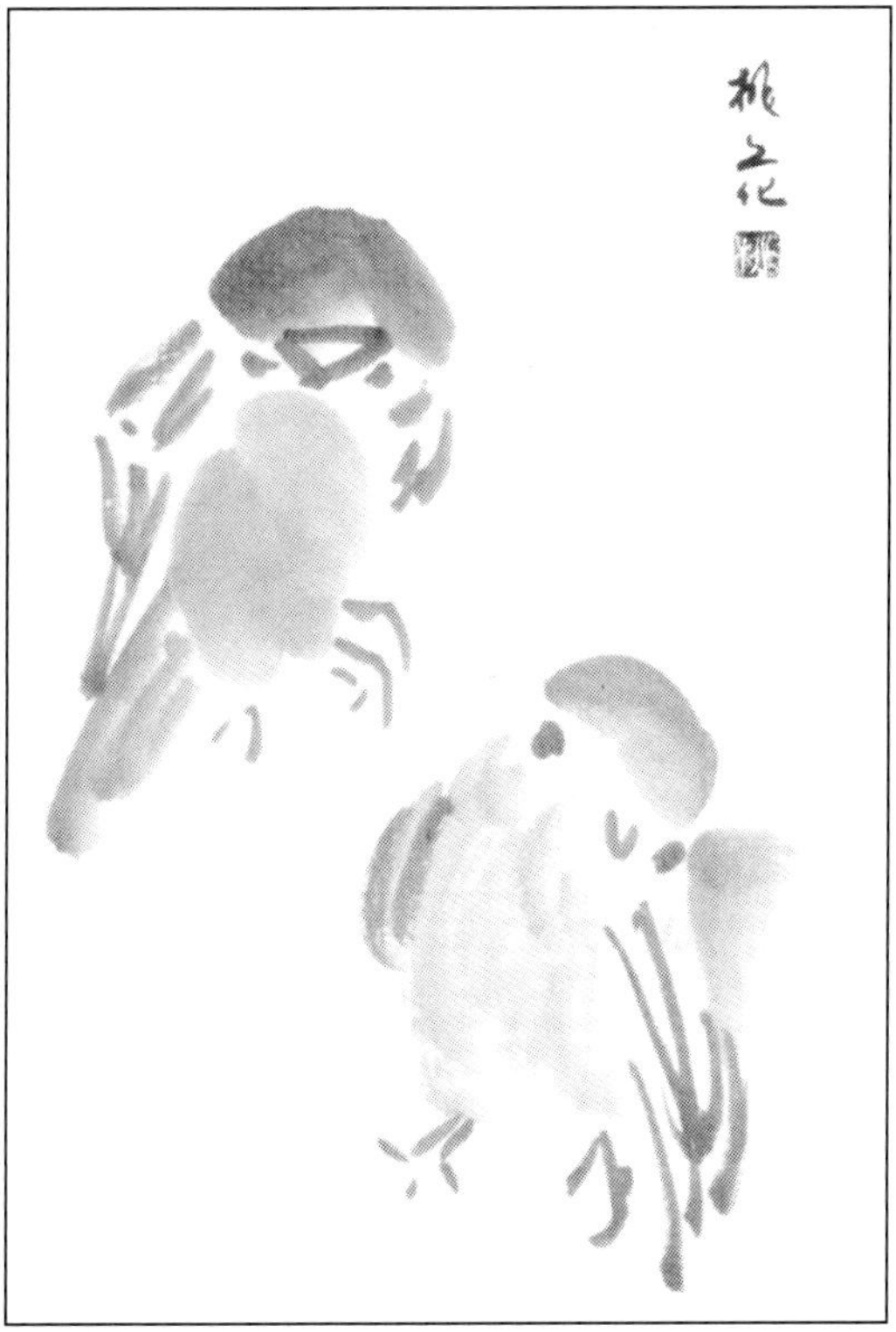

音涼し植木を丸く伐り揃へ

玉葱を刻む踵を浮かせつつ

バイオリン奏づる子ども花氷

手を握る線香花火消ゆるまで

水漏れや鴉来て鳴く今朝の秋

寄り添うて垂るる糸瓜のかすり傷

足場解くかけごゑ太し秋の空

大粒の葡萄の香る忌日かな

蔓薔薇がつやつやの実を結びけり

白きもの白く洗はれ菊日和

仏壇の柿は熟してしまひけり

樟の実や天守より声下りて来る

浦祭藁づとに挿す串だんご

冬日向猫のすり寄る膝頭

薬師堂障子に猫の爪の痕

枇杷の花ふくいくとして師を悼む

焼藷の匂ひピアノのコンサート

去来句碑丈高く咲く石蕗の花

師走風しむ唇の深き傷

避雷針光りてゐたる初景色

岩肌を流るる水の淑気かな

底冷えの三和土に寝かす塩秤

出格子の影置く畳日脚伸ぶ

胸を張る鳩一列に水温む

朧夜やペン走らせる師の忌日

春雨の烟れる街にジャズ流れ

一木の芽吹く中洲や鷺の群

名刹や供花の水呑む鴉の子

人の手を借りて病む身の更衣

明易し屋根に弾ける雨の音

夕映えの空に玉解く芭蕉かな

ほととぎす雨にちぢれる額髪

五月晴れ白ペンキ塗る壁の罅

桐箱の季語五〇〇選黴の花

遠花火素顔のままにひと日過ぎ

書を読みて耐ゆる痛みや天の川

藩侯の池を色なき風渡る

群雀さくら紅葉の中に消ゆ

色変へぬ松の影濃き水面かな

甚五郎作の神馬に冬の塵

晴れ渡る駿府城址の冬紅葉

朝しぐれ草屋の板戸ざらつきて

登呂の田をぺたぺた歩く真鴨かな

校倉のねずみ返しや雪螢

どの椅子も海に向きたる寒さかな

書初の和紙を押さへて貰ひけり

初雀つねと変らぬ物を食ふ

連山の雪をはるかに笙の笛

梅林へ鴉は声を落しけり

頭なき仁王の像や春しぐれ

小糠雨双葉双葉あさみどり
菜の花や鯛の塩焼き身を反らし

あまいろの茶粥を啜る夏座敷

葦原にもつれて沈む夏の蝶

朱雀門青葦原の風抜くる

校倉の経蔵の屋根青しぐれ

逆光の鑑真廟や苔の花

青柿は猫の目ほどや法隆寺

晩夏光ピアノの蓋の被爆痕

さはさはとポプラの葉擦れレース編む

学徒碑の前さみどりの落し文

刃を入るる白桃の芯くれなゐに

Ⅱ 霊山

猫の恋あをき三日月あがりけり

円を描きこども相撲や浜の春

水温むうすき緑の鯉の餌

眠る土起して花の種蒔けり

開校日不揃ひに咲くチューリップ

被爆者のとび込みし川花筏

むらさきに烟る楝の花の雨

寄り添うて牡丹の蕾りんと立ち

教会の鐘鳴り渡り髪洗ふ

枇杷熟るる海の彼方を日は昇り

白南風や旅かばん置く芙美子像

水音に夜の明けにけり沢桔梗

松籟や鹿は瞼を閉ぢてをり

父の蹴る球を子が蹴り天高し

色鳥や港の小さきカフェテラス

黄落や立山連峰はるかにし

花嫁の行列へ能登しぐれかな

石蕗日和反魂丹の匂ひ立つ

雪ばんば崖に張り付く流刑小屋

五箇山の駕籠の渡しや冬紅葉

城壁の刻印にしむ冬の雨

初凪の海は故郷へ続きけり

てのひらに吸ひ付くやうな雑煮椀

口紅の色替へにけり小正月

濡れ土につやめきゐたる落椿

降り出してすぐ止む雨や沈丁花

木々芽ぐむ千畳閣の大屋根に
せせらぎや鹿のひとみに春の蝶

奉納の酒樽五つ風光る

古戦場若草を食む鹿の群

春の旅地図を牡鹿に食はれけり

陵王の舞ふ緋衣や春の海

神鹿を囲みて淡き花あしび

もも色の馬酔木の花へ鹿戸押す

春潮へ影を落せり大鳥居

紅萩の風にやせたり摩崖仏

秋の日を背に丹頂の羽づくろひ

虫のこゑ草深ければ闇深し

山越えの西行庵や蕎麦の花

折鶴に息を吹き込む菊日和

菊人形よろひは固き蕾かな

手鏡を膝で拭へり大花野

掌の榠樝の傷の匂ひ立つ

豆腐屋の豆煮る匂ひ十三夜

水晶のかけらが一つ草紅葉

木の実降る数え切れないほどの赤

抽んづるもののみ吹かれ大枯野

つぎつぎに白雲流れ山眠る

神の田の畦冬草のみどりなす

Ⅲ　竹の春

春近き市電の音や民喜の碑

遠山の頂しろし春田打

楤の芽やここから先は禁猟区

矢印は空港へ向き初わらび

雲行きの怪しくなりぬ芽吹山

木洩れ日や指すり合はせ種を蒔く

石一つ渡す小川の花筏

囀らし羽撃ちて鷺の巣立ちかな

耳たてて鹿の子つき来る松林

青葉潮ひき残したる鏡池

手も足も背丈も伸びて更衣

竹林を抜けて川面へ揚羽蝶

走り根の高きを蟻の走りけり

被爆樹にすがるあまたの蟬の殻

夏痩の人の影濃し学徒の碑

大花野こゑをあらげる夕鴉

犬の子に茶の花日和つづきけり

直立も傾く松も菰巻かれ

声を張り真つ赤な社会鍋を据う

空模様こんとんとして年の暮

初暦かけて歪みを正しけり

傾けて洗ふ組板はじめかな

またひとり柏手を打つ初御空

初夢の夫のことばを聞きもらす

鳩の群とび立ってゆく恵方かな

金堂に薄日のありて初音かな

列柱の木目浮き立つ木の芽風

花ミモザ機影音なく通りけり

四月来る花壇の土を猫が嗅ぎ

墓石を据うる石工へ花の塵

藤棚の花房を日の梳くごとし
ビル風にのりて鴉の巣立ちかな

腕の蚊を平手でぽんと打ち落す
日は昇りしやんしやん蟬の鳴きだせる

をちこちに蛇崩れのあと雲の峰

剪定のすみし梧桐あめしとど

針山を身ほとりに置き終戦日

色鳥を窓の高さに見失ふ

血圧を計られてゐる夜長かな

まつすぐの道のゆく手に秋夕日

捨てられて砂まみれなる脹れ河豚

吹き抜けの千畳閣や木の芽立つ

浦日和海へ消えたるしゃぼん玉

擋網かつぎ子は父に付き大干潟

青空の師の句碑へ鳴く雉子かな

夕ざくら町家通りのふれ太鼓

古戦場鹿の子震えてゐたりけり

金泥の平家納経みどりさす

笙の音や茅花流しの高舞台

千年の森のしたたり能舞台

鹿が口つけて金魚の水あふれ

峰雲や背中まるめて出刃を研ぐ

大漁旗船べりに張り昼寝かな

紋付の漁師のり込む祭船

出御祭り日の丸なびき青岬

祭礼の辞儀ふかぶかと笏涼し

御座船の太鼓高鳴り夏の月

夏至の水かけて廻廊洗ひあぐ

Ⅳ 恵方

ステッキの朱をほめらるる初詣

つぎつぎと追い越されたる恵方道

初日の出ひとゆらぎして海の上
黒雲の縁をあかねの初御空

初茜安芸の小富士は波の上

吊革を握りて揺るる初景色

太幹の樟の日向に冬の蝶

風除けの菰のしめりや寒牡丹

せせらぎの音のかすかに日脚伸ぶ

春潮の波に揉まるる光かな

切株の年輪あかしひこばゆる

咲ききつて雨受くるなり紫木蓮

街路樹の芽吹きに烟るビルの窓

花虻の唸りてゐたる日和かな

ゆく雲に平成の春惜しみけり

潮騒に眠りとかるる桜かな

若葉してなんじやもんじやの隣り合ふ

洋館は薔薇の香りに包まるる

若葉風ゆくシスターの黒頭巾

からめつつ風のころがす椎の花

風荒ぶ枝に青梅あまたなる

病葉のうす紅色や雨あがる

祝膳はものの湯引きの花が咲き

蟬の穴大粒の雨叩きけり

惜しげなく美男葛のこぼれ花

V 水鳥

泰山木ひらき王者の香を放つ

風涼し幹にもたれてバスを待つ

白ばらのアーチをくぐり美容院

あつまつて夕日のやうな屑金魚

家ごとに石段のあり夏の川

風鈴や海つつ抜けの通し土間

揚花火橋をくぐりて小舟着く

山伏のとぶやうに行く青田道

向き合うて頷き合うて浴衣の子

蟬鳴くや海月のやうな昼の月

葉月潮むらさき濃ゆき島の影

水引の花のこぼるる地蔵かな

西の空より日の差せり穴まどひ

電柱の影よろよろと秋の川

コスモスや千切れさうなる山の地図

酒蔵の扉をあける音澄めり

さはやかに伏流水を手で掬ひ

大甕を蔵の外に伏せ赤とんぼ

鵙高音太刀の螺鈿へ薄日さし

天井の高き絵馬堂小鳥来る

菊日和わが奉納の絵馬を見る

初鴨の川にとび込む音高し

八月六日しづかに夜の明けにけり

風紋の浜の流木あきのこゑ

葉月潮しろく騒立つあしたかな

秋桜たまゆらの風ほほに受く

蜩や入日が海にふるるとき

朝露の草へ日のさす滑り台

稔り田を揺りあげてゆく列車かな

稲架かけに声かけてゆく女学生

さみどりの蹴り足強き飛蝗かな

ラ・フランス食べ頃を知る指の先

瀬戸内の海はればれと鳥渡る

点滴のリズムに釣瓶落しかな

運慶の仁王の柾目秋日影
雲ながれ銀杏黄葉の照りかげり

行く秋や秘仏の朱唇あざやかに

ナースコール押す高窓や鵙のこゑ

色づきて榎の実こぼるる日向かな

校庭に日差しありけり冬桜

短日や海の青さと風の音

白壁に網目模様の枯木影

病床にさし来る冬日まぶしくて
冬の日を膝いつぱいに怪我癒ゆる

くもりなき窓の日差しや年歩む

海峡の橋を渡れば蜜柑の香

投函の帰り葉牡丹二つ買ふ

水色のビーズの指輪春隣

稲妻や計られてゐる骨密度

印泥を天地返しに去年今年

紅梅へ反古焼く烟流れゆく

梅びより砂に雉鳩うづくまる

酒蔵や日差しゆたかに蕗の薹

芽柳や雲の映れる被爆川

錆深き半鐘のあり春田打

琅玕やくれなゐ深き落椿

桜東風むすび頰張る豆剣士

老幹に光る松脂みどり立つ

角のごと曲る春筍あひ反りて

対岸の貨物の音や藤の花

たんぽぽや笑ひごゑ湧く丘の上

青葦やとび立つ鷺と潜く鵜と

萩の宿水平線の見ゆる部屋

束ねられ空を見てゐる捨案山子

赤屋根の集落の照り竹の春

野に山に朝のひかりや草の花

鶴を折るはつかなる音夜の長し

レシートの裏の筆談秋灯下

拾ひあぐ桜紅葉に虫の穴

犬の小屋さくら紅葉を打ちかぶり

鉛筆をみな尖らせて冬に入る

金太郎飴を横目に初天神

光るものあれこれ吊し冬菜畑

十字架に鴉鳴きをり寒の明

桃咲いて八十一の誕生日
灯台へつづく坂道さへづれり

あのその出会話の弾み桜かな

足元のほのかなひかり花の雨

山桜これより径の細くなり

井戸端で洗ひに洗ふ菜種河豚

夫恋へばしじまを破り雉のこゑ

真清水を掬へばいさご動きけり

きらきらと水浴ぶる鳩新樹晴

衣更へてまつ赤な橋を渡りけり

御前水井戸あぢさゐの咲き初むる
青花火散らして咲けり額の花

貼紙に天地無用やメロン着く

神鈴の潮錆びしるき土用かな

手を上ぐるのみの挨拶青田道

磐座の山しづかなる清水かな

大花火胸のざわめきゐたりけり

寄する波ひかりに満ちて蜻蛉かな

桐一葉あさの湿りの被爆の地

手にとれば森の匂ひの桐一葉

秋冷や玄関に鳴る鍵の鈴

雨脚にひかりありけり吾亦紅

駅頭に人待ちをれば秋しぐれ

物干に二枚の布巾鳥渡る

渡り鳥河口の空の青さかな

島へ行く大きな橋や青みかん

スケボーの行つたり来たり藤は実に

反芻にゆるる鹿の背夕日濃し

病む犬に赤き毛布を掛けてやる

数へ日や釘を打ち込む歩み板

梅咲いて朝なタなのスクワット

山の端の空吹き晴れて二月来る

如月の結び疲れの靴の紐

駒返る草渓流の鳴つてをり

早春や声高らかにカンタータ

むしくひの漂着仏へ春の雪

やはらかな風のありけり孕鹿

まほろばの句碑に日差しや八重桜

古書買うて雀隠れを帰りけり

歩くこと奨める義母や百日紅

まつ白な封書の届く土用かな
白玉や夫ありし日のままの椅子

非常灯真下に仮死の黄金虫

老鶯や雑木林の明るさに

ひろしまの平和の祈りカンナ燃ゆ

星祭り犬に詫びたきことのあり

海よりの風が鳴るなり盆の闇
ひとりには独りの時間きぬかつぎ

桐の実や晩節の空晴れ渡り

大根蒔く近きところに兵の墓

朝露をついばんでゐる雀かな

通り雨畦に揉み合ふ曼殊沙華

音たてて落つる木の実へ歩み寄る
秋のこゑ雲きんいろに縁取られ

冬ざれやつくづく赤き大鳥居

初しぐれ沖に夕日のありにけり

枯葉降る流れの岸に佇めり
枯はちす水面は夕日返しゐて

クリスマス禁じられたる握手かな

着ぶくれて静かな町を通りけり

浦風や盲導犬と水仙と

大空へ叫ぶ少年野水仙

料峭やテーブルクロス真白なる

ものの芽や辞書に付箋の増えてゆく

灯台を時計回りに青き踏む

浅蜊売こぼれんばかり枡に盛る

開け放ち暮すひとりの清和かな

寄り添へる影をひとつに風薫る

兵征きし港あまたの海月かな

正門の鉄扉の錆や水を打つ

裏山の鴉のこゑや冷奴

梅雨の月鉄橋渡る終列車

古傷の肌つつ張れり草いきれ
潮の香をまとひ二人の熱帯夜

菩提寺の魚板たたくや夏の果

とんばうと平和大橋渡りけり

鯔とべる音のひろがり高嶺晴

さ牡鹿の顔入れて振る紙袋

句集　桃源　畢

あとがき

この句集は『紅』につづく私の第二句集です。平成二十五年より令和三年までの俳句を拾い集めました。

さまようように歩き、その場に入り込む。自分を捨てて、ものを見ると、ときめきと感動を覚え、いろいろなものが見えてきます。

大地とつながって生きる情念、和紙に墨をたらしたような人間の強さ、妥協しない自然。つくづく俳句は授かるものだと気づかされます。

三十五年間余、俳句と共にある幸せを嚙みしめています。これからも俳句の桃源郷をめざして、歩み続けます。

句集上梓にあたりまして、石井隆司様には、句稿整理や句集名「桃源」など万端ご尽力を賜りました。心より御礼申しあげます。製作に際しましては、角川文化振興財団の皆様にお世話になりました。厚く御礼申しあげます。

令和四年七月

天野桃花

著者略歴

天野桃花（あまの　とうか）〔本名・俊子〕

昭和14年　広島県府中市生まれ

昭和62年　「風」「雉」入会

昭和63年　日本南画院賞受賞

平成20年　「雉」同人

平成25年　第一句集『紅』上梓

平成27年　「晨」同人参加

公益社団法人俳人協会会員

住所　〒730-0048

広島市中区竹屋町3-29-603

句集　桃源　とうげん

初版発行　2022年9月28日

著　者　天野桃花
発行者　石川一郎
発　行　公益財団法人 角川文化振興財団
〒359-0023 埼玉県所沢市東所沢和田3-31-3
ところざわサクラタウン 角川武蔵野ミュージアム
電話 050-1742-0634
https://www.kadokawa-zaidan.or.jp/
発　売　株式会社 KADOKAWA
〒102-8177 東京都千代田区富士見2-13-3
電話 0570-002-301（ナビダイヤル）
https://www.kadokawa.co.jp/
印刷製本　中央精版印刷株式会社
 ISBN978-4-04-884487-1　C0092